La vengeance du chat assassin

Anne Fine

La vengeance du chat assassin

Illustrations de Véronique Deiss
Traduit de l'anglais par Véronique Haïtse

Mouche
l'école des loisirs

11, rue de Sèvres, Paris 6e

Du même auteur à *l'école des loisirs*

Collection MOUCHE

Un ange à la récré
Assis ! Debout ! Couché !
Le chat assassin, le retour
Le jour où j'ai perdu mes poils
Journal d'un chat assassin
Louis le bavard
Radio Maman

© 2008, l'école des loisirs, Paris, pour l'édition française
© 2006, Anne Fine
Titre de l'édition originale : *The Killer Cat Strikes Back*
(Penguin Books Ltd, London)
Loi n° 49.956 du 16 juillet 1949 sur les publications
destinées à la jeunesse : septembre 2008
Dépôt légal : février 2015
Imprimé en France par l'imprimerie
Gibert Clarey Imprimeurs
à Chambray-lès-Tours (37) – n°15010305

ISBN 978-2-211-09028-5

Ce n'est pas mon meilleur profil

C'est ça, c'est ça. Plongez-moi la tête dans un buisson de houx. Je lance à la mère d'Ellie un regard noir. Tout est de sa faute. Elle monopolise mon bout de canapé. Vous savez, celui au soleil, sur le coussin tout doux, là où je m'installe pour regarder par la fenêtre.

Juste en face des oisillons qui quittent leur nid pour apprendre à voler.

Miam, miam…

Donc, je lui lance un regard noir. C'est tout ce qu'elle mérite. Ce que je veux, c'est qu'elle se décale un peu, que je puisse faire la sieste. Nous, les chats, nous avons besoin de faire la sieste. Si je ne fais pas la sieste, je suis de mauvais poil.

Je suis juste là à la regarder. Rien d'autre.

Bon, d'accord. Je la regarde de travers.

Mais elle ne voit rien. Elle est occupée à feuilleter les nouveaux programmes de l'Université du Savoir.

– Qu'est-ce que je pourrais bien faire ? demande-t-elle à Ellie. Tu m'imagines dans quel cours ? Arts plastiques ? Musique ? Les grands courants littéraires ? Danse ? Yoga ?

— Est-ce qu'ils ont des cours pour apprendre à réparer sa vieille voiture ? demande le père d'Ellie. C'est ça que tu devrais faire.

Il a raison. Leur voiture est une honte. Une calamité. C'est un vieux tacot qui roule dans un bruit de ferraille et qui vomit de la fumée. Et ils n'auront jamais, au grand jamais, assez d'argent pour en acheter une nouvelle.

Le cours le plus adapté à la mère d'Ellie serait : construire une nouvelle voiture à partir de rien. Mais je doute que l'Université du Savoir propose ce genre de cours.

J'insiste avec mon regard noir, sans aucune méchanceté, vous voyez. Non, juste pour qu'elle comprenne que je ne suis pas là pour le spectacle de sa beauté. Mes pattes me font mal.

Elle lève les yeux de sa brochure et elle me voit.

— Oh, Tuffy, quel adorable petit minois grognon !

Je suis comme vous. Je n'aime pas les taquineries. Je la fusille du regard.

Bon, d'accord, je grogne un peu.

Et ensuite, je crache.

Et devinez la suite. Elle disparaît

dans son sac, en sort précipitamment son appareil photo, et elle me prend en photo.

Pas sous mon meilleur profil, je suis obligé de le reconnaître. J'ai l'air un peu renfrogné.

Et je montre les dents.

Et mes griffes sont longues et pointues. Et ma patte est tendue, prête à attraper un gros morceau de la jambe de quelqu'un. De quelqu'un qui doit abandonner mon bout de canapé ensoleillé.

Non, c'est sûr, pas mon meilleur profil.

Mais la photo lui plaît et lui donne une idée.

— Je sais. Je vais suivre le cours d'arts plastiques, peinture et poterie. Ma première œuvre sera le portrait de Tuffy d'après cette photo. Je pense que ça va être charmant.

Oh oui, absolument charmant, bien sûr. Charmant comme être traîné dans la boue.

Oups !

Et la voilà partie. Elle est incroyable cette femme ! Elle fait rugir le tas de ferraille garé devant leur maison. Elle roule, faisant un signe de la main, vers son premier cours d'arts plastiques.

Et elle revient avec mon portrait.

Je la regarde depuis mon bout de mur, bien au chaud, là où je réfléchis souvent.

— Magnifique ! s'écrie la contractuelle pendant que la mère d'Ellie extrait son tableau de la voiture. Un vrai tigre.

– J'aime beaucoup, dit monsieur Harris en remontant l'allée. Une superbe affiche du nouveau film d'horreur qui passe en ce moment au cinéma.

– Superbe, ajoute le père d'Ellie. Tu as saisi son expression à la perfection.

Ellie ne dit rien. Je crois, si je suis vraiment honnête, que la peinture lui fait peur.

La mère d'Ellie cherche où elle va bien pouvoir mettre son tableau. (Elle aurait dû me demander. Je lui aurais gentiment suggéré : et pourquoi pas directement dans la poubelle ?)

Mais non. Elle inspecte le salon.

— Et pourquoi pas là ?

Je la fixe du regard.

— Oui, ça sera là. Ça sera parfait. Et tous les gens qui passeront à la maison pourront l'admirer.

(Ah oui. À leurs risques et périls.)

Et elle passe à l'action. Elle trouve un crochet et un clou, et accroche le « Portrait de Tuffy » juste au-dessus du canapé, là où tout le monde peut l'admirer.

Et là où je pourrai l'atteindre…

Si je m'étire au maximum…

Oups !

Un petit coup de patte

Allez-y, coupez-moi les griffes. J'ai découpé le chat en morceaux. Par pitié ! Si quelqu'un a le droit de déchirer cet œil de chat peint, c'est moi.

C'est un accident. La seule chose que j'ai faite, c'est donner un petit coup d'une de mes douces et gentilles pattes vers le tableau. Juste pour me sentir mieux. Comment osez-vous dire que c'est de ma faute si mes griffes se sont accrochées à la toile ?

Accrochées et coincées.

Personne ne peut me reprocher d'avoir essayé de libérer ma patte.

Maintes et maintes fois…

J'admets que la peinture ne ressemble plus à grand-chose. Mais je me sens beaucoup mieux.

Je m'installe sur mon bout de mur, dehors, et j'attends.

L'explosion viendra bien assez tôt.

— Regarde-moi ce massacre ! Mon portrait de Tuffy ! En lambeaux ! Partout sur le tapis ! Non, pas que sur le tapis ! Ce n'est pas un bout d'oreille là, sur le buffet ? Et là, un bout de queue accroché à la lampe ?

— J'ai trouvé une patte sur le rebord de la fenêtre, pleurniche Ellie.

J'ai dispersé le « Portrait de Tuffy ».

Si quelqu'un a envie de suspendre à nouveau ce qui reste de ce tableau, il va devoir lui donner un nouveau nom.

Peut-être « Après la bataille ». Et devinez le nom du vainqueur ?

Ellie ramasse le châssis et tout ce qui pend.

— Tuffy, me gronde-t-elle aussi durement qu'elle peut, regarde ce que tu as fait du tout premier tableau de Maman ! Tu l'as massacré !

Une tragédie, je ne crois pas. Et si vous voulez mon avis, personne ne va pleurer sa disparition au musée des Beaux-Arts. La mère d'Ellie sait faire rugir son épave assez longtemps pour aller jusqu'à son cours d'arts plastiques, mais elle ne sait pas peindre.

Je peins mieux qu'elle avec mes

pattes. Et la prochaine fois qu'elle laisse traîner une toile, chère, immaculée, blanche, je vais lui montrer.

Ça, oui, je vais lui montrer.

Bagarre et beauté

Allez-y, passez-moi les moustaches à la chaux ! J'ai fait une petite entaille sur sa précieuse nouvelle toile. J'étais pressé. Comment suis-je censé savoir qu'elle la laisse traîner là juste une minute le temps d'aller à la maison prendre ses pinceaux ?

Elle est là, en plein milieu du passage, toute belle, à plat, toute propre, blanche, nette – bon, d'accord –, immaculée.

Prête à servir, vous me direz.

Vous pouvez me croire, je n'avais rien prémédité quand j'ai trébuché sur le tube de peinture bleue – par erreur – avant de courir vers le portail, en passant sur la toile.

Et n'importe qui aurait été aussi maladroit que moi et aurait renversé le tube de peinture rouge en revenant au pas de course vers la poubelle pour humer cette bonne odeur de poisson.

Comment osez-vous m'accuser ! C'est ma patte qui a glissé sur le tube de peinture jaune au moment où j'essayais de frapper à toute volée un papillon qui passait par là. Comment imaginer que j'allais mettre des gouttelettes de peinture partout ?

Et vous ne pouvez pas me condamner parce que ma queue a donné un petit coup dans le tube de peinture verte avant d'aller se promener plusieurs fois sur la toile, alors que moi j'étais très préoccupé par toutes ces éclaboussures.

Coloré, j'ai pensé. Réjouissant. Frais et moderne.

Madame-l'artiste-en-devenir n'est pas du tout de mon avis :

– Une toile toute neuve bonne à mettre à la poubelle ! Regarde-moi ça, c'est du n'importe quoi ! Et moi qui avais prévu de peindre un superbe coucher de soleil sur un lac, face à un champ de boutons-d'or !

Ellie prend ma défense.

– Tuffy n'a pas voulu être méchant. Il a juste vu la toile en premier.

Je jette un coup d'œil à mon travail

manuel. Ellie a raison. Vous aimez les couchers de soleil ? Regardez cette grande zébrure rouge. Vous voulez un lac ? Là, une tache bleue. Des boutons-d'or ? Des milliers de gouttelettes jaunes sur cette peinture. Un champ ? Pas de problème. Des tonnes de vert.

Je lance à Notre-grande-dame-du-pinceau un regard dédaigneux. Ce n'est pas du n'importe quoi, voilà ce que mon regard lui explique, c'est de l'art !

Et Ellie le pense aussi. Elle n'ose plus rien dire jusqu'au départ de Madame Picasso pour son cours. (Bang ! Fracas ! X@%★%$! Tuf tuf tuf ! Dernier soupir !) Mais, juste après, Ellie dit à son père :

– Je l'aime beaucoup. Est-ce que l'on peut l'accrocher ?

En général, il a plus de tact. Mais il

est toujours fâché que sa femme n'ait pas choisi le cours « Comment réparer son vieux tacot ». Et il déteste le gaspillage, même s'il s'agit d'un clou sur un mur. Alors il attrape le tableau et l'accroche au-dessus du canapé.

Ellie le regarde les mains croisées, émerveillée. (Il faut lui reconnaître une qualité, à cette fille, elle peut être nouille, nouille, nouille, mais elle est loyale.)

– Je vais le baptiser « Bagarre et beauté », dit-elle.

Je me retourne, l'œil critique, vers ma première œuvre d'art.

Pas sûr pour « beauté ». Mais partant pour « bagarre ».

Oui. J'aime la bagarre.

Un soupçon de conseil

Madame Regarde-ce-que-mes-mains-font-comme-par-enchantement revient dans l'après-midi avec trois dégoûtantes mottes de boue séchée.

(Je ne vous raconte pas de blague. De gros morceaux de boue séchée. S'ils avaient été verts, on les aurait pris pour des crottes de nez géantes.)

— Comme je n'avais plus de toile, nous explique-t-elle (glacial, le regard qu'elle me jette. Je préfère l'ignorer), j'ai fait poterie.

Poterie ?

Patouille, plutôt, si vous voulez l'avis du talentueux auteur de « Bagarre et beauté ».

Je tends la patte pour caresser une des mottes.

Accident ! Elle éclate en mille morceaux avant même de cogner le sol.

— Tuffy, comment oses-tu ! Tu commences par laisser des empreintes sur ma toute nouvelle toile et maintenant tu casses un de mes jolis nouveaux pots.

Jolis nouveaux pots ? Tu parles. Ils ne sont pas beaux. La glaise provient sûrement d'un vieux marécage.

Elle range
ses deux pots, à l'abri, là–haut,
sur l'étagère.

— Je parie que Tuffy est
incapable de grimper jusque–là
pour les faire tomber.

Un tout petit conseil : ne
jamais parier avec un chat. Cela
m'a demandé un réel effort.
(Ma forme physique n'est plus
ce qu'elle était.) Mais, finalement — oui
finalement —, j'ai trouvé un moyen de
grimper sur cette étagère.

Ces deux pots sont encore plus laids
que celui que je viens de faire tomber.
(Accidentellement.) Vraiment horri-
bles ! Ils ont des grumeaux qui pendent
par là, d'autres qui dégoulinent par ici.
Il y en a même un avec une verrue en

dessous. Donc, chaque fois que je lui donne un petit coup, il oscille dange-reusement.

Hé, ho !

J'aimerais pouvoir vous dire qu'il a volé en mille éclats. (Ça sonnerait bien !) Mais c'était de l'horrible camelote, il s'est seulement cassé en deux.

Tant pis. Ça me va. Au moins, ces choses ne sont plus.

Deux à terre.

Une à éliminer.

L'affreux pot de la petite dame

Dans cette maison, je ne suis pas le seul à détester ces affreux pots et à avoir envie de m'en débarrasser. Le lendemain matin, de mon pas nonchalant, j'arrive dans le salon, à mon heure habituelle, pour trouver le père d'Ellie assis juste à côté de mon coin de canapé ensoleillé.

Il a une lueur dans les yeux que je ne lui connais pas. Je mets un moment à comprendre qu'il est content de me voir.

Bizarre, non ?

Il m'invite à venir le rejoindre.

— Viens là, mon petit chat.

Mais on croit rêver ! « Viens là, mon petit chat ! » Cet homme n'a jamais recherché ma compagnie. Je ne me souviens pas d'heures heureuses, allongé sur ses genoux, à me faire caresser et dorloter.

Non, je ne m'en souviens d'aucune.

Il est évident qu'il cherche à obtenir quelque chose. Je jette un rapide coup d'œil à la pièce et…

Voilà ! Il a déplacé l'affreux pot de la petite dame sur la table basse.

Ah ! ah ! Voilà ce qu'il espère ! Que je refasse ce que j'ai fait hier avec succès : un petit coup de patte, un petit « Oups ! » et un pot fraîchement cassé, en route pour la poubelle.

J'avoue, je suis tenté. Il est moche, ce pot. Le monde se portera mieux sans lui. Pour être vraiment honnête, je pense que ce pot serait plus beau en mille morceaux sur le sol qu'en entier sur la table.

Je suis un animal domestique serviable, toujours prêt quand on a besoin de moi.

Je lance ma patte, prêt à agir.

Et là, il commet une grosse erreur.

— C'est bien, gentil petit.

Gentil petit ? Il me prend pour qui ? Un stupide chien ?

Je le fixe lentement, les yeux plissés. S'il a un peu de jugeote, il va comprendre. Comprendre que ce regard signifie : excuse-moi. Lequel des deux a été dressé comme un chien ? Est-ce que je suis du genre à faire ce que tu veux ? Non, ce n'est pas mon genre. Est-ce que j'accours quand tu m'appelles ? Non, je vis ma vie. Je suis un chat.

Toi, par contre, tu es très bien dressé. Si j'ai faim, il me suffit de tourner plusieurs fois autour de tes jambes, au point de te faire trébucher, et tu ouvres une boîte. Si j'ai envie de sortir, je me plante devant la porte, et je miaule comme si j'étais prêt à vomir, et tu es là en une seconde pour m'ouvrir. Lequel des deux devrait dire « gentil petit », mon pote ?

Oui, c'est ça. Sûrement pas toi. Moi.

Il y a plusieurs façons de lui faire comprendre. Je décide de rester très évasif. Je le tiens sur des charbons ardents, je vais et je viens autour de la table basse. (Quel hypocrite ! En général, il me repousse vivement.) Je frôle le pot, un peu plus, à chacun de mes passages. Et, parfois, je tends la patte vers ce pot qu'il espère tant me voir casser.

Je donne même un petit coup pour faire trembler ce maudit pot.

Pour qu'il se renverse.

Presque.

Pas cette fois.

— Allez, vas-y, me supplie-t-il. Tu es suffisamment maladroit.

Maladroit ? Les choses tournent au vinaigre. J'aurais pu lui dire : pas une seule chose ne sera cassée dans cette maison, sauf si je décide de la casser. Nous, les chats, nous sommes intelligents. Nous sommes rusés. Nous sommes miauleurs.

Mais nous ne sommes pas mala-
droits.

Et là, il se trompe définitivement de
texte. Il essaie une nouvelle tactique.

– Allez, casse-le pour moi. S'il te
plaît. Mon gentil petit chat, mon gentil,
gentil, petit chat.

Comment ose-t-il ! Quel culot ! Il
est incroyable, cet homme ! Cinq ans de
vie commune et il me traite de « gentil ».

C'est une insulte.

J'ai envie de le griffer. Je préfère
prendre ma revanche. Je fais les gros

yeux et je dresse tous mes poils. Je fais le coup du « Je-viens-juste-de-voir-passer-un-fantôme ». (Très joli coup.) Et, cerise sur le gâteau, je recule à 100 kilomètres à l'heure sur la table basse, droit sur le joli plat en porcelaine qu'il aime tant, qui vole en éclats et qui jette à terre toutes les pièces qu'il garde là.

Il ramasse toujours ses pièces quand on sonne à la porte.

Monsieur Harris, notre voisin. Et comme d'habitude, il vend des tickets de tombola.

— Désolé, dit le père d'Ellie, comme à son habitude. Malheureusement, je n'ai plus du tout de monnaie.

Monsieur Harris regarde les pièces qui débordent des mains du père d'Ellie.

— Oh, ça ira, dit-il. Toutes ces pièces suffiront pour un billet. Et le premier prix vaut vraiment le coup, surtout pour votre famille. C'est une belle voiture toute neuve.

(Apparemment, nous, les chats, nous ne sommes pas les seuls à en avoir assez de tousser pendant des heures chaque fois que la famille se met en route.)

Alors, il ne reste plus qu'une chose à faire au père d'Ellie. Acheter un ticket ou passer pour un radin.

Il est maintenant de très mauvaise humeur.

Je trouve ça déplaisant d'avoir à la supporter.

Nous, les chats, nous avons notre dignité. Je choisis de pousser cet affreux pot loin du bord de la table. Je le déplace un peu et encore un peu. Et je le mets en sécurité, juste au milieu de la table, là où personne ne pourra le cogner ou le casser même par erreur.

Ensuite, je dresse ma queue fièrement et je sors, l'air digne.

Le chat et la souris

Nous ne jouons plus au chat et à la souris. (Et devinez qui faisait la souris !) Il remet l'affreux pot sur l'étagère pour que l'Artiste-en-herbe ne se doute de rien. Mais s'il veut toujours que ce pot disparaisse, il souhaite garder les mains propres — Monsieur-je-suis-blanc-comme-neige — et pouvoir jurer à la mère d'Ellie que c'est moi qui l'ai cassé.

Les semaines qui suivent, il essaie tout. Vous pouvez me croire, tout.

Premièrement, il demande et il supplie. Vous voyez ce genre de trucs : « Mon petit chat ? Mon gentil petit chat. Est-ce que tu es prêt à faire une toute toute petite chose pour moi ? »

(Bon, ma vieille grand-mère aurait dit : « Passe-moi la bassine, je vais vomir, Alice ! »)

Puis il m'attrape, m'installe sur l'étagère et me pousse vers le pot.

C'est ça. Il met sa main sur mon dos et essaie de me pousser. (Il soigne encore les griffures récoltées cette fois-là.)

Ensuite, il enduit le pot de crème chantilly, espérant que la gourmandise me fera sauter sur l'étagère et lécher le pot si fort qu'il tombera de l'étagère.

Qu'il est bête ! De la crème ? Sur l'étagère ? Quel pied ! Je fais des dérapages, je lance des gouttes de crème partout. Il met des journées entières à se débarrasser de cette odeur aigre.

Cette semaine, je passe beaucoup de temps dehors, à chasser Gregory, notre petit voisin, hors de notre jardin. Chaque fois que le pauvre garçon passe notre grille, cramponné à un mot que lui a confié sa mère, je jaillis de derrière le buisson de houx, les quatre pattes

en l'air comme si je venais me plaquer sur un mur invisible juste là, devant son visage.

Gregory hurle, jette son bout de papier et se précipite chez lui.

Je pousse le mot dans le buisson de houx (les preuves doivent disparaître) et je retourne dormir sur mon mur.

Un jeu stupide, me direz-vous. Peut-être. Mais ça m'amuse et ça fait passer le temps. J'attends que le père d'Ellie ait fini de frotter le tapis pour se débarrasser de la mauvaise odeur qui règne dans le salon. Et puis, je reviens retrouver mon adversaire dans la Guerre-du-pot-affreux-de-la-petite-dame. Un adversaire chaque fois plus rusé.

Il a caché une crevette bien fraîche dans la chose.

— Nous y voilà. Essaie de résister, Tuffy ! Essaie de sortir cette crevette sans faire tomber le pot de l'étagère !

Bon, j'hésite. S'il y a bien une chose que j'aime, c'est les crevettes. Mais, après réflexion, je me dis que personne, pas même le père d'Ellie et son porte-monnaie en peau d'oursin, n'oserait acheter une seule crevette. Il doit y en avoir d'autres quelque part !

Une petite visite dans la cabane à outils et je trouve les autres, toujours dans leur sac, loin des regards (de la mère d'Ellie), prêtes pour le petit en-cas de luxe de Monsieur.

Les choses tournent à mon avantage. C'est moi qui les mange.

Avant six heures ce soir

Alors que je rentre à la maison, Bella et Tiger m'appellent depuis le mur où ils regardent la mère d'Ellie se garer.

— La voiture de ta famille est une vraie calamité, dit Bella.

— Toute cette fumée, approuve Pusskins.

Tiger est encore plus sévère.

— On pourrait tous mourir étouffés.

J'écoute encore ses jérémiades quand la mère d'Ellie surgit dans l'allée, accompagnée de son plus récent chef-d'œuvre.

— Et qu'est-ce que c'est que ça encore ? Un tas de brindilles tricotées ?

— C'est sa nouvelle œuvre d'art, suis-je tenu d'expliquer. Elle a abandonné la poterie pour les sculptures de jardin.

— Ces sales bouts de raphia vont traîner partout, râle Bella. Et elle appelle ça un drapeau, ce truc tout là-haut ? Ou alors du papier toilette s'est trouvé coincé sur on ne sait pas quoi ?

La mère d'Ellie titube, et la voiture crache encore de la fumée, mais elle n'y fait pas attention. Elle fait signe à Ellie.

— Viens voir mon nouveau chef-d'œuvre. Je l'ai appelé « Wigwam en été » !

Ellie court vers elle en tapant des mains.

— Oh, crie-t-elle, c'est adorable ! C'est beau ! Est-ce que moi aussi je pourrais avoir ma petite maison ? Pour m'y installer et jouer à « Si j'étais… » !

Tiger détourne le regard et Bella fait comme si elle n'avait pas entendu. Tout le monde a parfois honte de sa famille. C'est comme ça que tourne le monde. Mais Ellie dépasse les bornes. C'est la Reine de la guimauve.

Mais ce truc de « m'y installer » a donné une idée à Bella.

— Ce wigwam serait des petits coins pour chats formidables. Une taille parfaite. De l'intimité. Et ce drapeau permettrait d'indiquer si c'est occupé.

— Et comment c'est occupé, ajoute Tiger. Il se tourne vers moi. C'est ce que l'on appelle le symbolisme, m'explique-t-il. Je le sais parce qu'un membre de ma famille suit le cours sur les grands courants littéraires dans la même université.

— Espérons qu'elle va déplacer le wigwam au milieu des fleurs, dit Puss-kins. Ça serait plus simple pour creuser un trou, après…

Je vis en famille.

— Eh, les gars, je joue les rabat-joie. Vous oubliez la pauvre Ellie ? Elle ne va pas s'asseoir et jouer à « Si j'étais… » dans des toilettes publiques.

Notre petite dispute nous occupait encore quand la voiture toujours fumante a pris feu. (Pin-pon ! Pin-pon ! Ça sera notre cri de ralliement pour notre ronde nocturne.)

Pour conclure, Bella a pris la parole :

— Quel dommage que le père d'El-lie ne retrouve pas son ticket de tom-bola, le ticket gagnant pour la voiture neuve.

— Qu'est-ce que tu dis ?

Elle se tourne vers moi.

— Tu n'es pas au courant ? Le tirage au sort a eu lieu il y a quelques semaines.

Selon le carnet à souches, le père d'Ellie a le ticket gagnant. Mais monsieur Harris dit que, selon le règlement, le gagnant doit se présenter avec son ticket pour remporter le prix.

– Avant six heures, précise Pusskins. Ce soir. Tapantes. Autrement, la voiture ira au deuxième.

– Première nouvelle, dis-je d'un ton gêné.

– Comment c'est possible ? Tout le monde est au courant. Et le père et la mère d'Ellie aussi. Monsieur Harris a envoyé Gregory au moins une douzaine de fois avec un mot pour les prévenir.

Je suis encore plus gêné. Je jette un coup d'œil coupable aux vieux papiers amassés sous le houx. Je ne peux m'empêcher de marmonner :

— Pauvre de moi, oh, pauvre, pauvre de moi !

— J'espère que le ticket n'est pas perdu, dit Pusskins. Un ticket, c'est si petit, il est très facile de ne plus savoir où on l'a rangé dans une maison.

Je fixe un nuage au-dessus de ma tête, sans pouvoir prononcer un mot.

Autour de moi, ils soupirent tous.

— Notre vie aurait été plus douce si ta famille avait eu une nouvelle voiture, dit Bella. Ils auraient pu partir plus souvent en promenade. Nous laissant un peu tout seuls.

On ne dit rien, on repense au bon vieux temps, à nos courses dans le salon, aux coussins déchirés, au stupide poisson rouge mort de peur.

— Bon, d'accord !

Et ce n'est pas une blague. Je plonge la tête dans le buisson de houx. Je dois aller très loin pour récupérer un papier pas trop déchiré. Bella est une chatte mouchetée et dodue. Elle m'aide à défroisser le papier. (Nous avons bien aimé cette heure de repos sur les dalles chaudes.)

Et puis, je glisse le papier sous la porte de derrière.

Et, bien sûr, la mère d'Ellie le trouve.

– George ! George ! On a gagné une voiture ! À la tombola ! Il nous faut le ticket que tu as acheté au père de Gregory, et la voiture est à nous !

Elle se précipite sur lui.

– Où l'as-tu rangé, ce ticket, pour être sûr de ne pas le perdre ?

Elle marque un temps d'arrêt.

— George ? Tu sais où tu l'as rangé, n'est-ce pas ?

Ellie et moi, on effectue un demi-tour pour nous retrouver face à lui.

Il est vert.

Cours, Papa, cours !

Bien sûr, ce pauvre homme n'en a aucune idée. Je les regarde mettre la maison à l'envers, retourner les coussins, soulever les tapis, vérifier toutes les enveloppes.

L'horloge indique six heures moins le quart, ils sont désespérés.

— Il doit bien être quelque part !

— Où l'as-tu mis ? Fais un effort !

Il s'arrache les cheveux et pleurniche.

— Je ne sais pas ! La seule chose dont je me souvienne, c'est d'être dans cette pièce, le ticket à la main.

Je lui donne pourtant des indications. Je fais des allers et retours sur l'étagère en ronronnant. Mais ils n'ont pas le temps d'y prêter attention.

Pour en finir, cinq minutes avant l'heure limite, je suis obligé de faire ce qu'il essaie d'obtenir de moi depuis des semaines.

Je n'ai pas choisi de le faire, nous sommes bien d'accord. C'est un acte désintéressé, pour le bien de la communauté. Si ça ne tenait qu'à moi, j'aurais préféré me casser une patte que de lui faire plaisir en cassant ce pot affreux.

Mais nécessité fait loi. Je dresse la patte et je donne un coup sec et sûr.

Il ne s'est pas brisé en mille morceaux sur le sol. Dommage. En plein vol, ce pot grossier s'est cassé en deux.

Et de là tombent en premier une crevette puis un petit ticket de tombola.

Les morceaux du pot atterrissent sur le tapis. Pop ! Pop ! Pop !

— Mais que fait une crevette ici ?

Il n'a pas le temps de rougir. Il ramasse vivement le ticket et se jette sur la porte.

— Cours, Papa, cours ! crie Ellie.

Une victoire juste
et une issue heureuse

Ma bande m'a tout raconté, après coup.

— Il n'a pas fait le tour, il a sauté par-dessus la clôture.

— Surprenant ! Un saut digne des jeux Olympiques.

— Il a failli en avoir une attaque !

Je suis déçu d'avoir manqué ce spectacle. Mais j'étais trop occupé à recueillir les louanges d'Ellie et ses câlins.

— Oh, Tuffy ! Tu es le chat le plus intelligent, le plus merveilleux du monde ! C'est toi qui as trouvé le ticket ! Juste à temps ! Et, grâce à toi, nous avons une nouvelle voiture. Je t'aime, Tuffy. Je t'aime tant. Tu es mon gentil, mimi Tuffy.

OK, OK, ça suffit ! Je n'en peux plus de toute cette guimauve. Je la secoue un peu et je sors. J'ai besoin d'être seul. Je veux réfléchir à une ou deux choses sur mon mur. J'ai dû faire un énorme sacrifice. J'ai dû faire ce que le père d'Ellie attendait de moi : casser ce pot.

Je déteste faire quoi que ce soit pour cet homme. Plutôt mourir que de lui faire plaisir ! Mais c'était ce qu'il y avait de mieux à faire. Bella a raison. Maintenant, ils ont une nouvelle voiture, ils vont sortir plus souvent. J'ai peut-être perdu une bataille, mais j'ai gagné le champ de bataille.

C'est une défaite honorable.

Une victoire juste et une issue heureuse.